骑着自行车去看看傍晚的拉萨，
你不仅会遇见最美的自己……

流浪的八廓

洛桑更才·诗

西藏人民出版社

目录

序

2004年。读高一的时候，我得到了一本惠特曼的诗集，我记不清是怎么得到的。从床头到纸箱再到书架，我发现它一直都在。这是我读过的第一本也是为数不多的相对完整的诗集了。端智嘉、北岛、顾城、海子等这些大家的诗歌我也喜欢，但完整读过的倒一个也没有。并不是这些作品激不起我的兴趣，只是骨子里我依旧是个三分钟热度的人。所以，诗歌到底是什么、该怎么写，我既没资格谈论，也真不知道。

2011年。大学刚毕业我就在林周县北部一个叫藏雄的地方驻村。藏雄平均海拔4300米以上，是纯牧区。我的父母都是农民，我在农村长大，所以驻村之前我没有去过牧区，也没有看过真正的草原。藏雄一年的生活，给了我很多新的体验和感悟，特别是牧区的自然风光和牧区人民的坚毅、朴素、智慧，让我为之倾倒。那时候没有微信也没有抖音，而我那部手机也是很普通的翻盖机，里面只有俄罗斯方块这一小游戏。工作之余，我就有了看看小说、写点小心得的空闲。这就促成了这本小诗集的雏形。

2013年。我回到拉萨，在这里工作、定居。作为西藏的首府，拉萨有着不可抵挡的魅力。她的文化底蕴、风俗人情、日新月异就好像高原的一张张明信片，深深地触动了我的心弦。漫步在拉萨的大街小巷，触摸这座古城的每寸土地，我感到这是一种恩赐。我知道自己仅有的这点热情，无法说清这座城市的爱恨情仇，但许多事情并非需要一个结果才算完整，所以，我就这样冒冒失失地继续记录着自己的那点心路。

2016年。在西藏作协的推荐下，我把这些零零碎碎的文字合成后申报了中国作协年度扶持项目。很幸运，被列入了中国作协2016年度少数民族重点作品扶持项目中。而今，在西藏人民出版社汉文编辑部的努力与帮助下，终于要出版成书了。对于这样的际遇，我非常感恩。这本集子满足了我想拥有自己写的一本书的虚荣，但无论在内容、形式、还是在情感的表达上都有很多不尽如意的地方。我深知自己的阅历和学识远不足以支撑自己去了解这片土地，更不敢奢望读懂这片土地。不过我渴望用自己最真的情感，表达出对这片土地和人民的热爱。

感谢您的阅读。

洛桑更才

二〇一八年初冬

第一章　从这里出发

冬日·阳光下

1

那小鸟不再歌唱
血淋淋的疲惫
咀嚼着滑稽
撕下天空的颜色

2

钢筋筑起的文明
在田地里繁殖
这浩浩荡荡的前进抵不过一片用心流浪的秋叶

3

阳光的放肆
催生了不朽的黑
记忆深处的影子
向山的另一侧倾斜

4

不要问我佛在哪里
草原是我的信仰
那里有牛羊、马背、星河
简单的幸福,以及俏皮的迷信

5

高原的冬天
还有很多未曾谋面的景色
我祝福他们依旧美丽
祝福他们依旧鲜活

颂青春

在这离星辰最近的地方
除了婴儿的眼神
就属你令人神往
你是那朵倔强的雪莲花
盛开在挑剔的土壤里不折不挠

在这养育信仰的城市里
除了沉淀在符号里的智慧
就属你令人欢喜
你是那条踩着云朵的柔波
漫舞在天湖美轮美奂

在人类整个爱恨情仇里
除了你值得赞美
也就属你值得托付
你不单单是憧憬和期许
更是所有美的代名词

无题

山的呓语
回荡在山里
醒着的梦
从指尖溜走

叶子记录风的伤疤
条纹是对岁月的致敬
如果生命是黎明孵化的光明
那么这是一首写在早晨的诗

茶话

每个人都带着一丝焦虑
即使在阳光通透的屋里
也不忘用灯火点燃空气

男人的骄傲
女人的骄傲
以及拆不完的堡垒
使生活成为了温柔的毒药

有个叫故乡的地方

做个慵懒的伸展把阳光搂进怀里
没有洗漱
也不用寒暄
天空飘散小鸟的叫声
沼泽里的鹅也变多了
偶尔传来远处的鸡鸣
以及零散的鞭炮声

其实我还想听听孩子们的追逐声
想在某个拐角处遇见玩羊拐的人
邻居的炊烟犹如一首诗
道尽了故乡的沧桑

除了口音,人们不是以前的人们
除了方位,故乡不是以前的故乡
终于明白漂泊的不仅仅是我们
是的,故乡也在漂泊

但这没什么
消逝本就是生命理应承载的遗憾
故乡,早晚会住进每个人的梦里

我还是要回来
叫一声故乡,看看童年的自己
记得那时母亲常常会牵着我的手小跑
陪我一起放纸糊的风筝

羞涩的风

我不敢打碎这纯粹的宁静
哪怕喘气用力了些
那也是对造物主的大不敬
在这里,也唯独在这里
只要闭上眼睛

我就能触摸到阳光和星星
当我背对着世界的时候
她就会住进我的灵魂

我坚信她积攒了超过想象的力量
所以请不要劝阻我留下

拉萨·夜

城市总有雨
习惯了蓝天
也会习惯没有白云

你成全了世人的眼光,脱离天空
酣睡在尘世的怀抱里
至于那条古巷
是有日子没见了

车夫的笑
牧女的佩刀
以及生怕被误解的风铃
想必都还活着

黑夜盛开
在雨的缝隙间
一盏灯从半山腰照进

巷子里

巷子里
一头牦牛,一串佛珠和满地的唠叨
踌躇在朴素的喧嚣
你从头顶飞过,却把影子埋在地底
邻居家的掷筛声和沼泽里的野鸭同样生机勃勃

巷子里
一部传说,一滴眼泪和旷古的碰撞
前倾在深山的荒凉
你从身旁流过,却把方向当给闹市
清脆的铃铛和捣蛋的小乞丐同样令人着迷

巷子里
一句俗话,一颗心和绝世的绚丽
行走在废弃的梦
你从胸膛走过,却把灵魂献给了佛陀
自信的大地和秀气的卓玛同样值得朝拜

我喜欢山里的老家

我喜欢山里的老家
那里有地道的方言和纸糊的风筝
家家门前那不大不小的花草树木我也喜欢
行路的陌生人也会冲我会心一笑

我喜欢山里的老家
那里有最暖的阳光和最真的晴天
放牧人随手捏来的故事和光着身子的童年我也喜欢
母亲舀水时的回眸一笑是我一生的财富

我喜欢山里的老家
那里有村民用双手劈开的山路和粮食
淳朴的现实和疯狂的冲动我也喜欢

在老家
不需要闹钟也不用理会日出日落

光明茶馆

推开门帘，挤进柔软的嘈杂
那是一种幸福
茶桌上堆满了形形色色的人生
一群人离开，一群人坐下
手上的佛珠是用二十块钱买来的
但信仰不止这个价

古格在墙上难掩黄昏的神气
我没有普渡众生的本领
也没有窃窃私语的修为
一杯，再来一杯
对这片土地而言
我是个永远长不大的孩子
但我喜欢这里
我心爱的卓玛也在身旁

祖拉康

站在石板上目送世人的背影
四处的桑烟正不紧不慢地向你靠近
阳光驻足金顶　照亮每一串摇曳的佛珠
不屈的叩拜在小狗的睡意前变得轻盈委婉
今夜
磨破的双手将丈量一个民族的胸襟

把额头贴在大地
聆听你的智慧
苦难在谁的怀里没了光泽
经幡掀起灵魂深处的美
经筒在踮起脚尖的触碰中变得和蔼
相信黎明铸就的队
会在你的见证下
与一条洁白的哈达长相厮守

玛吉阿米

每一步
都要经受阳光的暴晒与情感的逼供
每一步
都要在与荆棘的搏斗中艰难地完成
几个世纪过去了
我一直在向你走近
你一直在对面

回眸

那场雪把你带回了故乡
活着的羊皮袄
以及泥泞里的孩子

人们从远古聚集到这里
又向着远方离去
一扇窗也有风铃的记忆

天空是孩子的母亲
不管你如何叛逃
都有牵挂和祝福

雪

在一个不起眼的早晨
你装点了高原的孤独
盛开在祖拉康上空
架起一条通往心灵的芬芳
我不知道还有谁在路上
如果有一天造物主怜悯
让一场梦飘落在纯粹的白色里
向前的每一步都是快乐和温暖

断章

我的脑子一片空白
至纯的女子
你本不该出现在这里

一种希望

我是个世俗的小丑
玷污了你们心中的美
但我也憧憬一种希望

茶馆聚集了孤独的热闹
我希望自己是一杯可口的甜茶
用我的温度靠近每一颗冰封的心

转经道洒满了单调的重复
老阿妈也有忧愁要跟佛祖倾诉
我希望自己是一次侥幸的开怀
用我的真诚去实现你们的愿望

在横穿草原的巴士里
我希望自己是一首动听的小曲
用我仅有的生命带走一路的疲惫

有时候
我希望自己是一声轻轻地叹息
穷苦人心中的一次感动
夕阳前的一次遥望

禄康

他们散开在草坪上
披着布达拉的慈悲
小孩追逐时亲吻了父亲的额头
一串佛珠在老阿妈的手中变得羞涩

我诧异这久违的惬意
也看到了懵懂的爱情
但我不该有不同的秘密
远处的那瘦子在寻找什么？
和我一样是个人
谁能告诉我
也许我是孤独了？
快乐又在哪里？
为什么这里总有枯藤在落泪
我应该重新寻找什么吗？
哪里又是个规规矩矩的起点？
那歌声渐行渐远

黑暗也在向我逼近
是我慌张了？
希望又在哪里？
为什么翩翩起舞的女孩视我不见？
我应该去证实自己的存在吗？
又如何解释我冰冷的心脏直冒寒气？

我常想：拥有什么才可以去占有笑声
因为我知道：我并没有把笑声寄给自己
你指着过林卡的少年说：
多好的装扮
我本想插一句：可不一定
可迷失未必是件令人痛苦的事
我何必默许真相表现的自以为是
人们也不必为你的思想买单
白度母启示留有一条寂静的山路
前方的驿站行驶在风尘仆仆的丛林
也有一个瘸子在拼命地招手
我更没有理由把自己舍弃在背后
只可惜我并不是个懂得浪漫的人
如果我想向着日出高歌猛进
必须要借助谁的力量为我助威

青稞酒一杯接一杯
等待的几个世纪里我没有烂醉
也无人过往
难道面临揉碎的不单是躯体和灵魂？

我开始怒吼
狂奔在沼泽里却怎么也甩不开痴痴的月亮
这是个怎样的疼痛哟？
我愿孤身前往
哪怕只有荆棘和泪水
生命又该承受多大的凌辱才算极限？
那些本可以拥有也能够成为美丽的人们和事物
为何到最后只成全了伤痕累累？
飞来过冬的鸟儿
与我痴痴相对

快乐终究会拥抱这个世界

提着一天的清闲走出家门
我开始行进在山脚下
阳光亲吻了漫天的六字真言
古树下　清泉洗净尘世的苦楚
那条悠长的小巷生的温柔可爱
散落的除了流浪狗还有一些站着的人
顺着晚风
捡起一小石子贴在黝黑的前额
让灵魂燃烧在跟前
我相信
光明自有延伸的本领
快乐也终究会拥抱这个世界

无题 2

城邦寂静
我看见小草在岸边戏水
一对恋人笑过
是因为远处的柳荫召唤爱情
那长发沉入水底
也一同把前世的埋葬觉醒

日落西山
你用微笑回想今天的感动
一句轻声的“安好”
从窗户飞向另一个焦急的等待
箫音多情
沉睡在梦里的已翩翩起舞

烛光下
我们一同把梦想干杯
无言的宣判

相信会铸就生命永久的洒脱
让思想狂欢吧
世界需要用酒精来灌醉

想象匍匐在窗前
数落着苍穹的遗愿
大地一起身
小草便亲吻了明月

风是赐给孤独的嘉奖
它习惯闲荡在无人的小巷
用傲慢和轻盈
苏醒一群沉睡的精灵

诗人说:“一场梦断送一场睡眠”
那就请智慧作证,让黎明孕育新的失望和希望

无题 3

已经变得清晰,路
拴在进北的车上
吹向遥远的风

看不到的足迹里
有重合的人生
小孩从画板上
又释放了几个天空

阳光

回来的人都像孩子,你
抚慰每个惊慌失措的血管

仰望你的深情
照亮这骄傲的古铜色
让漂泊的心安全着陆

你激活了土地的密码
还给历史保驾护航
就连我敬爱的佛
也需要学习你的大度

猴子洞、我的赞普,桑耶的牛皮船
麦田、象雄的字,比如的骷髅墙
还有郎孜夏监狱和仓央嘉措的情人
……你是大地的母亲
是开始和结束

路上

冬日的雅江像是没了孩子的母亲
夕阳也显得多余
山还是那座山
只是留不住白云的痕迹

高原的树像是高原的人可敬也可悲
一颗长满沙石的心
极力摇摆

林廓

你背着书包向前
介绍一路的发现
脸上洋溢着幸福
包里有水和零食

冬日的拉萨河
布宫以及太阳
厮守在你我间
安静地像父亲

在千佛山磕三响头
穿过遍地的嘛呢石
听着流行的讲经语
供一盏清新的油灯

沐浴禄康的白塔
与水鸟对视几分
再从安检口离开
叫两磅甜茶坐下

孜廓

冬宫的确比镜头里更雄伟
例行的新春画板正在搭建
路上的人摆动着各色珠子
步子是比以往加快了不少

那些占地叫卖的已不见踪影
山洞茶馆没开门也有些日子
记得以前有个长醉的老乞丐
如今这里由几条流浪狗掌管

龙王庙向东的茶馆旁有个白篷
那里是老年人专属综合游乐场
骰子声音乐声吆喝声和欢笑声
似乎这是他们停靠的最后一站

自由宣言

我是个诚恳的流浪人
这座城市从来都容不下宁静
没有人为我送行
也不需要谁为我流泪
我就是我
是一片落地的秋叶
即使不能测量大地的温度
也要头顶着太阳继续翻滚

谎言

如果人类注定要获得幸福
那为什么每个人的脸上都写满了伤痕

如果人类注定要活得真诚
那为什么到处都有猜忌的侍从

如果人类注定要拥有爱情
那为什么分离的总是最深爱的那一对

如果人类注定要拥有生命
那为什么天底下都是随处可见的遗憾

告诉你吧！万能的神
我看见了你幸灾乐祸的模样
假使肉体不足以对你发出挑战
我也绝不会屈服于你蛮横的掌控
哪怕是化为灰烬
我也要提出最正确的质疑

另一个真实

如果每一个触碰都是不可饶恕的枷锁
那我们不该用命运使自己信奉失败
蝴蝶有蓝天和骄傲作伴
小草亦有生命和尊严守候

那歌谣凄楚
行进在无人的荒凉没有歌词
但它却呼唤盛夏的雨露为你洗尘

假使阳光愿意借给你温暖
我定会邀请希望订制最牢固的翅膀
到那时,你要记得
冲破云层只应是个小小的开始

那是一种美

在山顶与蓝天的缝隙间
有一种生命在向世界呐喊
那是一种美
一种独特的高原美

在历史与岁月的长廊中
有一种虔诚在向世界诉说
那是一种美
一种独特的高原美

在雪莲与牧场的左右侧
有一种声音在向世界呼唤
那是一种美
一种独特的高原美

在青稞与皮袄的胸膛里
有一种智慧在向世界散射
那是一种美
一种独特的美不胜收的高原美

山那头

一声狼嚎从悬崖边升腾
那是雄鹰驰骋天际前的号角
山那头
除了雪山和骏马
有我草原男人的匕首和胸襟

一朵格桑花绽放在历史的画卷里
那是白度母静修菩提的乐园
山那头
除了蓝天和美酒
有我草原女人的歌喉和智慧

一滴泪水从窗户邮寄给雅鲁藏布江
那是游子在寻找家的方向
山那头
除了经筒和皱纹
有我最深爱的父母和卓玛

我们微笑

飞雪成不了气候
哪怕再怎么蛮横我也知道
绿草终究是绿色
我清晰地抚摸到那一如既往的笑声
缓缓地在天地间飘荡
犹如清风

夕阳西下
背影在虹边栖息
为了那些本该持久的持久
我们要享受阳光带来的恩泽
也要接受灰暗带来的无奈

烈日炎炎的午后
我们微笑
在孤寂与不公中
依然有你我的守候和不屈

阴雨绵绵的傍晚
我们微笑
在枯燥与烦闷中
依然有你我的浪漫和纯真

希望

婴儿又被裹进去了
一只喜鹊在门前来来回回
盘算着何时飞到山外
屋顶上
是首优美的曲子
在百合的陪衬下
时而激荡,时而婉转
一副楚楚动人的样子

她穿有一件紫蓝色的藏袍
背上的牛粪筐轻催稚嫩的小腿
怕是错过了凌晨的篝火
外出的小伙也回来了,满脸的笑容
指着车上的家具说:要开个小茶馆试试看

从帐篷传来的是奶奶的笑声
犹如蓬顶的缕缕炊烟

温暖又真诚
守护在天地间
等待放学归来的孙女

六字真言

给石头注入爱的灵魂
让爱在阳光下得到永恒
给怨恨送去慈悲的方子
让善在春风的呵护下驻进大地

找不到

天空是个隐形的牢笼
我找不到缝隙

等待是个冷酷的枷锁
我找不到情节

承诺是个美丽的痛苦
我找不到出口

相聚是个奢侈的制度
我找不到岩石

倾诉是个昂贵的技巧
我找不到

单纯与肮脏

单纯是个廉价的巫婆
在沟壑和泥潭里
我渴望像烟灰一样松散
任凭世界风起云涌
我只愿悄无声息地随风私奔
飘落在杳无人烟的大漠中
化作一粒细细的沙石,永远沉寂在消失中

肮脏是个受宠的爱妃
在欲池和剧本里
我渴望像烟灰一样松散
任凭世界血雨腥风
我只愿悄无声息地随风私奔
飘落在浩瀚无穷的宙宇中
化作一道瞬间的星光,永远沉寂在埋葬中

胆小的病人

我是个胆小的病人
攀不起叶子的随风飘舞
历史在向我表白
无奈我只是个胆小的病人
怎么也跑不过这生生世世的伤痕

一对鸳鸯编织了一座滑梯
说是能通向有情人所向往的乐土
无奈我终究是个胆小的病人
怎么也逃不开这巧言令色的折磨和妩媚
很久以后
在我醒来的某个早晨
……

游客与拉萨

用镜头抚慰隐形的伤痕
游客是一群孤独的迷路人
暴露在释迦牟尼疲惫的怀里
人们需要阳光和眼泪

用信仰召唤世人的膜拜
拉萨是个老实的生意人
屹立在蓝天和小姐的呻吟中
她需要严肃和坦白

承载着洗礼的厚望走来
布达拉宫绝不会是游客行进的终点站
把超度的圣旨捏在手心
经筒不应该是拉萨仅有的法宝

假如

假如我是个瞎子
我就能更真切地拥抱黑暗
在黑暗中
我将创造只听命于我的光明
假如我是朵云彩
我就能囚禁空气里的枷锁
在黎明时分
我将重新定义天空的颜色
假如我是另一个我
我就能顺着雨露在空中酣睡
我早早地决定过
即使等不到雨过天晴
我也要撑起属于我的那份天真

总有一天

总有一天
我会乘坐生命的光芒
去大地寻找黑暗
我要与苍穹作伴
把这里的一切讲给那个不眨眼的星星听

总有一天
我会带着人间的利剑
去天堂斥责众神
我要与彩虹下注
把那里的虚假和冷漠全部赢走

总有一天
我会老去
驻足在纳木错见证我们尽情的爱恋
我还要请绿松石帮忙
把所有的完美镌刻在清澈的湖底

清晨是一首童谣

寒风退却　阳光活泼
我开始迷恋独处
校园的清晨是一首曼妙的童谣
化身一部偏袒的录音机
我要鼓动所有的瞬间休憩在时空里
等到遥远的某一天
用微笑把它注入心田
同时带上母亲般的慈祥
私会在朝圣者匍匐的胸膛里

我竟这样丢了自己

走着走着，我竟丢失了自己
一阵青烟从宇宙驶来
吞噬了血肉和言语
昔日的笑声还在耳边回荡
我还记得那是我自己
只是我竟这样丢失了自己

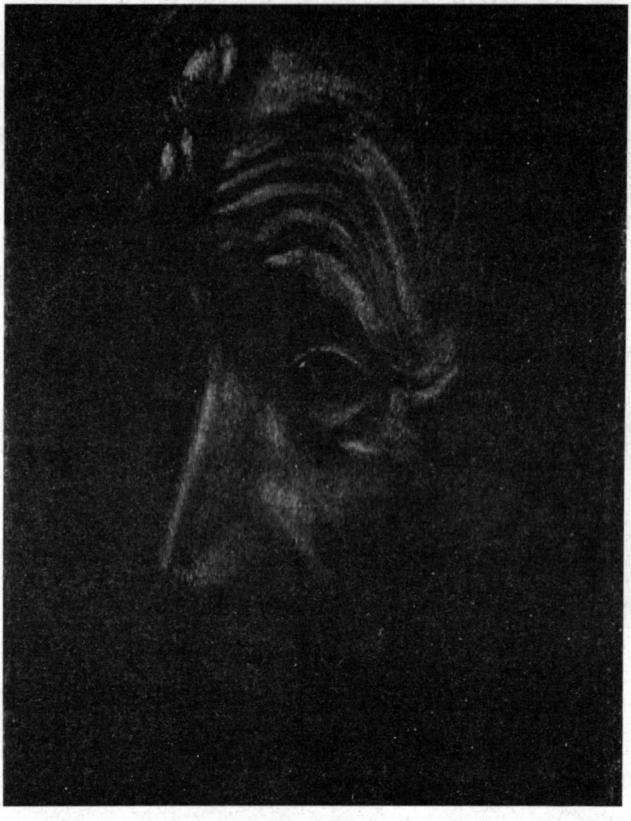

正义

英勇的闪电
你要把神明击的粉碎
在每一个没有诅咒的夜晚
我要供奉那盏泛黄的路灯

天空是一首诗
它看不起世间的虚伪和低声下气
在每一朵白云驻足的地方
我要播种最平凡的爱情和空气
就让生命随之沸腾吧
人生不需要太多的故事和感动
在每一滴认真流过的眼泪里
我要写下所有普普通通的祝福

怪就怪这帮小孩

小孩是一把锋利的剑
刺穿了世界的神经
那些疯子的确不是合格的演员
他们的吵闹和叛逆让黑夜变了模样
闭门不出的闺秀也买了很大的醉

哈哈,这本该是一场完美的艺术盛宴
刚健有力且深情动人
怪就怪这帮不懂事的小孩
让日思夜想的大人们恨的咬牙切齿

如果我不需要阳光

如果我不需要阳光
那一定是在等一次午后的相逢
当雪花飘落
我祝你像梦一样开始所有的美丽

如果我伫立在风口不退
那一定是在等一场火红的碰撞
当雪花亲吻了我
我祝你拥抱世间所有的纯净

很久以后
如果还想起远处的那点白
那一定是在祈求一次童年般的玩耍
当雪花沉浸在大地的怀抱里
我要你找回曾经的温暖与骄横

如果我不被那深深的一笑动容

那一定是在等一场没有离别的相恋
当雪花酣睡在窗前的小树上
我祝你胜过世间所有的辉煌

我从这里出发

老人从石阶起身说:“一圈一个轮回”
每块土地都记载着一段煽情的故事
既然每一个轰轰烈烈的结束都预示着悄无声息的开始
我从这里出发

小乞丐在告诫大人们不要轻贱短暂的人生
每个人都有一段难以启齿的往事
既然每一道伤痕注定会邂逅每一次的开怀
我从这里出发

打量阳光下的每个生命
再疲惫的心也藏有一块不为人知的净土
既然漂泊的人儿势必会找到惬意的归宿
我从这里出发

我是高原的一次轻轻的诉说

我来自久远的山谷
我热爱土地
拥抱星辰
猴子洞的主人
松赞的胸襟
格萨尔的座驾
帐篷里的人间
这些我都见过
我知道雪的颜色
也明白河水流向哪里

我来自雅江河畔的荆棘林
记得那是一千多年前的一个傍晚
散落的发辫下有你高贵的头颅
绕过一堆玛尼石时
我看见了你深邃的忧伤
河谷旁有我俩的对话
天空也为你抹泪

一片漆黑的空虚占满整个坡地
我知道山的历史
也明白星的呓语

我是你心灵的一次静默
踌躇、孤寂、冗长的一千年
都在咀嚼你我的时空和执念
当我犹如一场醒来的梦
终于告别历史,从夜色的夹缝走出
我看见你也重生了
披上清晨的朝气神采奕奕
路过刚毅的河谷时你向我挥手
我知道地的脉搏在跳动
也明白光明一直在人间

我是高原的一次轻轻的诉说
我热爱土地
拥抱星辰
雅砻的麦穗
卓玛的容颜
云朵的信仰
这些我都见过
我知道雪的颜色

也明白河水流向哪里

我是高原的一次轻轻的诉说
我来自久远的山谷
沿着丰硕的河谷
继续前行

第二章　傲慢的拉萨

傍晚的拉萨

1

太阳一下山
八廓就温柔得像句耳语
盘坐在紧闭的大门前,凝望前方的释迦牟尼

2

一路走来
有人卸下一车的土豆张罗生活
有人从玛吉阿米的屋顶眺望布达拉

3

色拉寺广场上溜冰的孩子
和沉默的清洁工阿姨
都给我留下了最深的印象

4

人们三三两两地出现在每个角落
用自己的方式为寂寞的世界买单
既然夜幕来临,那就痛痛快快地醉一场也不错

5

从散着余热的石板上路过
我确信触摸到了你经久不衰的温暖
原来真正变了的是自己的内心

6

倚在巷口的三轮车夫叫久美
点一根烟,回想一天的疲惫
整理卷着的裤腿,重新出发

7

这座古城最不缺的就是祷告
但我更喜欢此时的静
真正的静就像山风一样狂野不羁

8

你说：

“骑着自行车去看看傍晚的拉萨，

不仅仅会遇见最美的自己”

傲慢的拉萨

上海没有透彻的蓝天和黑夜
拉萨则少了势不可挡的爽朗与朝气

从 ***10*** 号地铁站走出来
我小跑跟上导游的解说
我不明白为何人人都习惯了匆忙
觉得他们不懂得放慢脚步是一种智慧

从八廓街到光明茶馆
我有时比老阿妈走得还慢
我定义我们是群悠闲的老实人
心想佛的子民就是会停下来慢慢享受

我不赞美匆忙
但我明白
匆忙也可以是对生命最高的敬意和最奢侈的享受

我不反对悠闲
但我明白
悠闲也可以是对生命最大的亵渎和最可耻的浪费

在上海
不让座似乎是可以理解的
我把这个归在她的瑕疵和冷漠里
但她有文明的碰撞,有一颗冷静的头脑
在拉萨
给需要的人腾个地儿那是最自然的自觉
我坚信这隶属于她的高贵和美丽
但她仍旧没有从好多个昨日中醒过来
就像我还没有从自己的狭隘和偏见里走出来一样
我可爱的拉萨也没有从世人的浮夸和自己的傲慢中彻底走出来

夏日的拉萨

眺望远方
白云在空中休憩
流浪的笛声
正在给静默的风收拾行囊

阳光侵吞了整座城市
这让滚烫的八廓有些羞涩
走过的路依然有人在走
未曾到达的也不仅仅是梦

重复先前的跪拜
把一辈子活成一天
没有对错也无需解释
这是生命的厚度

我要了杯不太会喝的咖啡

你点的是冰柠檬
我们掀开回忆,写下笑容
又恢复宁静
生活告诉我们
遇见是最美的幸福

这透彻的光
让我想起了从未到过的一个地方
那里应该有一首童谣
一匹白色的马
和一顶紫红色的帐篷

如果人生注定是一滴泪水

如果人生注定是一滴泪水
我愿意让它在时空里静静流淌
流淌的时候
请允许我许下心愿
我希望能够洗净尘世间所有的不如意
用我的微笑和真诚
滋润每一颗受伤的灵魂

如果人生注定是一滴泪水
我愿意让它在时空里静静流淌
流淌的时候
请允许我作出承诺
我希望能够冲刷全部的黑暗和嘲讽
用我所能拥有的一切作为筹码
去唤醒一个光鲜亮丽的感动

那口酒

汽车把太阳和雪山甩在了后头
一群大雁飞过白塔
你提着一身的酒气追赶前面的草原
我喜欢夏尔巴老人的谦卑
倾心的是你那口酒

屋子里的人从炉子向四周散开
服务员唠叨天气冷的让人厌恶
你起开两瓶酒后从兜里拿出了鼻烟盒
我喜欢听英雄救美的故事
留恋的是你那口酒

朋友说扎什伦布广场你可以去看看
乞丐在清点上午的收成
你领着可乐瓶里的酒盘坐在水泥地上
我喜欢小孩跟着母亲学叩拜的样子
忘不掉的是你那口酒

土地在阳光里撑起孤独的星际
午后的那片落叶也在询问回家的路
你扬天举起皮袋中的酒跨过天边的彩虹
我喜欢那段传说般的洒脱
却只想拥有你那口酒

这是我们的悲哀

当我们准备享受来之不易的快乐
却发现有人比自己更幸运更优秀
我们开始着急,嫉妒的火焰肆虐胸口
从而又要发起新一轮的厮杀
一向来不及欣赏途中的风景
这是我们的悲哀

当我们追求不一样的人生开始规划探险和清修
却发现周围都在为“提升一个档次”而奔波劳累
我们会理所当然地犹豫,不敢说走就走
从而又要为世俗的评判低声下气
我们很少记录和见证孩子的眼泪
这是我们的悲哀

当我们有时想卸下一切回到最初的简单
却发现此时的我们需要为太多的人和事儿买单

于是,我们退缩了,不敢再想了
从此也告诫自己要把这种“退堂鼓“视为冲动和不成熟
我们甚至连再想一次的机会都没给自己留下
这是我们的悲哀

我们从远古时代披星戴月到现在
除了掌握各种技能和经验
也一步步把自己请进了牢笼
哪怕最后再怎么威风凛凛也终究抹不掉额头的印记
可笑的是每个人的手里都揣着那串快要生锈的钥匙

世界:我不相信

祷告依旧　晚风轻轻
可世界并没有想象得这般静怡
贪婪和欲望侵蚀体内的肝脏
诱惑我们　腐蚀我们
妄想让我们成为它忠实的傀儡

蓝天依旧　白雪茫茫
可世界并没有想象的这般坦诚
虚假和谎言吞噬了每条巷子
欺骗我们　麻痹我们
妄想让我们成为它忠实的傀儡
帐篷依旧　桑烟袅袅
可世界并没有想象的这般豁达
狭隘和自私摧毁了懦弱的正义
教化我们　训练我们
妄想让我们成为它忠实的傀儡

即使这样,我们也要站出来大声地说一句:去你的
我们是大地的子民,是飞翔在雪山之巅的雄鹰
我们沐浴阳光,熟悉夜晚
一切向上的能量都是我们誓死捍卫的生命

告诉你吧,世界:我们不做傀儡
纵使我们要为此付出千万个日夜
我们也将义无反顾地冲破你的诱惑去寻找善良

告诉你吧,世界:我们不做傀儡
纵使我们要为此牺牲一半以上的甚至更多的自由
我们的精神会指引我们撕碎你的虚假去迎接光明

告诉你吧,世界:我们不做傀儡
纵使我们要为此舍弃至高无上的灵魂
脚下的土地也会替我们撑起重塑生命的大旗

如果说我们自己不仅仅是贪婪的温床
如果说我们自己就是虚假和狭隘的缔造者
如果说错的不仅仅是这个世界

那么,也让我们就此结束上一秒的自己

用新的生命，和新的空气拯救腐烂的自己
我们相信：只要我们相信
腐烂的躯体终究会痊愈
我们相信：只要我们相信
腐烂的梦想也可以重新开始
就让全新的我们葬别曾经的自己
向着初升的太阳即刻启程

等我们养育了儿女

等我们养育了儿子
女儿也可以
我就要带着他们　和你一起去看草原
他们要喝酥油茶　要学会和糌粑
我们的儿女也要成为草原的一份子

等我们养育了儿女
我教会他骑马　你可以教她唱歌
他们要学会放牧　要会搭帐篷
我们的儿女也要成为草原的主人

等我们养育了儿女
我提醒他要有男人的担当　你给她讲白度母的功绩
他们要健康成长　要有胸襟和信仰
我们的儿女也要成为草原的骄傲

等我们养育了儿女
我教女儿认北斗星　你负责给儿子扎辫子
他们要学会思考　要走出去看看这世界
我们的儿女也要成为草原的未来

等我们养育了儿女
我们要让他们知道自己是谁
要让他们充满自信　去追寻智慧和力量
我们的儿女也要成为草原的传奇

你是另一个生命

来往的行人在路的拐角处死亡
搁在之间的除了空气还有生活
我又一次肆无忌惮地思念远方的你
原来你一直是生命最好的礼物

请原谅我的鲁莽
我要向你致歉
对我长久以来的习惯和贪婪致歉
请原谅我的自私
我要向你致歉
对我长久以来的漠然和无知致歉
请原谅我的狭隘
我要向你致歉
直到天各一方我才像个孩子一样想起了你温暖的拥抱
请原谅我所有的不明智
我要向你致歉

我竟愚笨到需要通过这样一种方式
揭晓你是我另一个生命
一个与我完全融合的生命

对不起,你是我另一个生命
请不要收紧你敞开的怀抱
我已经在回家的路上

东北的雪

这边没有山,雪只管歇息在地上
南方的女子开始忍不住打起雪仗来
这是个庄重的时刻啊
她有自己的情感和思想
她不仅仅是纯洁的象征
她也有她的使命和尊严
只要需要
她总会在该来的时候到来

家乡的雪在山上,东北的雪在地上
她们都在树枝上　垃圾里　脚印下
但不管怎样
她们不会挤进家门说:借个火
冰清的世界是她们共同的家

孤独的夜

只剩下孤独和夜
你蒙着脸与风暧昧
剩下的还有窗户

在黑夜里待久了就会学习在黑夜中看见的本领
我也不例外
孤独的夜,我创造另一个我

你那傻傻的一笑

你那傻傻的一笑
犹如大昭寺前的那道佛光
教会我超脱尘世的浮华

让我们成为一盏红烛

你看到了吗
大雪掩埋了回家的路
来，朋友，让我们成为一盏红烛
一起去照亮坚定的步伐

你看到了吗
母亲依旧在村口眺望
来，朋友，让我们成为一盏红烛
一起去陪伴冷落的那颗心

你看到了吗
追随的足迹变得有些模糊
来，朋友，让我们成为一盏红烛
一起去温暖世间的寒冷

你看到了吗

我们生长在宽广亮丽的高原
来,朋友,让我们成为一盏红烛
一起去结交天下的豪迈

你看到了吗
阳光明媚星光璀璨
来,朋友,让我们成为一盏红烛
一起去点亮所有的光明

困惑

告诉我,这是一种困惑吗
为什么胸膛里流淌的往往不是血液
人们不但学会了假装,也学会了原谅

呐喊

英勇的闪电
请记得把神明击的粉碎
如果可以
我要供奉那盏泛黄的路灯
在一个没有夜晚的早晨清点落叶

天空啊
你何尝不是一首慷慨激昂的诗词
容不下世间的虚伪和低声下气
如果可以
我要播种最平凡的爱恋
在每一块白云驻足的地方

随山风漂泊吧
这里不需要音乐和感动

如果可以
我要煽动所有痛彻心扉的呼唤
在大雪纷飞的一个下午

粮食

我沿用祖辈流传的姿势
抚摸阳台上的你
你没有拒绝我的温柔不轨
犹如你不会拒绝善良和丑恶
阳光从指间溜进
照亮千万个刚正不阿的生命

你是大地杰出的荣耀吗？
母亲引以为傲的嫁妆
文明和希望　野蛮和寒冷
都是转瞬即逝的过客
你像婴儿的一声咳嗽般柔弱
也像老人喋喋不休的话语般轻贱
可这哪里是你本来的面目

家

熟悉的山脉,往前还有熟悉的声音和问候
过桥头转两个弯,路经母亲种下的十八棵白杨树
我在中间,右侧是父亲的菜园子
卸下全部行李,还有书本和剃须刀
回到月光中
看母亲的发丝
父亲的微笑

孤独的女人与帐篷

顺着那盏酥油灯我总能很快就找到你
孤独的女人与她的帐篷
用操劳装饰每一个空洞的夜晚,你的男人知道吗
用体温把生命轮回,佛看见了吗
把沧桑锁在皱纹里,你还是一如既往的忙碌
摘下面纱来一个撕心裂肺的呐喊
也许会有最真诚的倾诉
你应该试一试

我知道你喜欢歌唱
这声音沁入了所有的你
草原是你的舞台　还有漫天的星星
究竟是哪个沉默的神灵诅咒了你不许灿烂
油灯睡下
也是因为你一如既往的规劝吗
哦！孤独的女人与她的帐篷

夜上海

走在夜上海
我不是只迷路的羔羊
从匆忙的汽笛中
我听见蛐蛐为消失在云里的飞机送行

一片秋叶瞌睡在我瘦小的肩膀
那是上海的疲惫和慌张
我告诉自己
色拉寺背后的那盏灯和东方明珠的这一亮
都在守候一段催人泪下的思念

走在夜上海
我更不是个孤苦伶仃的过客
从轮船的小窗
我看见一对恋人在江的那边许下誓言
一粒沙石住进我内心的荒漠

那是上海的坚强和祝福
我提醒自己
雅江的矜持与黄浦江的包容
都在续写一段沉重的辉煌

镜子里的我

我欣赏镜子里的我
我长得并不好看
只是在镜子里
我看不到后脑勺的那根白发

我欣赏镜子里的我
我穿的并不华丽
只是在镜子里
我能看到仙女一般的泪水

我欣赏镜子里的我
我有颗百般蹂躏的心脏
只是在镜子里
我看不到胸口有任何的淤青

我欣赏镜子里的我

我的躯壳里藏有猜忌和不安
只是在镜子里
我能看到一脸的笑容和平静

突然间，我想告诉自己

突然间，我想要一次呐喊
每个生命都是一次温暖的感动
再脆弱的呼唤我也百般呵护

突然间，我想重复儿时的叩拜
每个生命都是一滴动人的泪水
愿这份诚恳能唤醒沉睡的神灵

突然间，我想点亮满街的酥油灯
每个生命都是一盏永不停歇的光辉
相信所有的祈福必定会开启通往回家的路

突然间，我想独自面对雪山
每个生命都是一部不可复制的史诗
纵使我战死在膜拜与厮杀的纠结中

突然间,我想撕毁冰冷的黑暗
每个生命都是一句轻声的问候
但没有渺小到以付出生命作为代价

突然间,我想为天底下的母亲写一首歌
每个生命都是一串超凡脱俗的存在
我们不能忘记自己原本就是个奇迹

突然间,我想告诉自己
每个生命都是空气和阳光的一部分
这个世界不需要太多的我们和他们

一滴泪水

纵使我的人生注定是一滴泪水
我也决不要在漫长的夜里静静流淌
我不要发光,也不要黯淡
我要让它孕育智慧的刀锋
这样的话
我不仅可以吹响前进的号角
也能审判这千百年来的嘲讽
用我的悲壮迎接下一个我

纵使我的人生注定是一滴泪水
我也要记起在禄康的草坪上有我心上人的笑声

祭奠

一次偶然的机缘
我结识了受人敬仰的长者
就在那个喧嚣的夜里
巷子很平静

在推辞与己见中
积蓄的力量开始衰竭
额头的紧箍也刺痛了地平线
暴雨倾盆
我昏迷在拐角处
醒来时
我依然清晰地看到自己在逃跑

毕业生

每个人都在聆听属于自己的音乐
但我知道也有共同的迷茫在侵扰他们
就像战士要肩负使命一般
他们有自己的人生需要抒写

一个毽子可以让年轻的姑娘们哈哈大笑
一根烟可以让活泼的小子变得深沉
一包抢着吃的北京方便面亦是他们今后的回忆

毕业生
明天他们在哪儿
明天他们又是谁

梦中的你

一缕青烟从山头滑过
夕阳西下
回忆若要持久
就请在雨中把所有的苦涩赠送于我

一轮弯月在头顶摇晃
天地可鉴
相望若是长久
就请在梦中把我全部的爱恋轻轻收下

断章 2

校园也下起小雨了
一切又回到熟悉
听一首温暖的曲子
等你回家

我不记得

我不记得第一次被这个世界感动是什么时候
也不记得第一次伤痕累累是什么时候
我不记得第一次学着父亲说话是什么时候
也不记得第一次喝咖啡是什么时候
我可能不记得世间的快乐
甚至我有一天可能连自己都会忘记
但我不怕
我不再害怕孤独、不再惧怕

故乡的夜

作别窗前的微风
开始和满天的星星同行
故乡的夜
一首没有乐谱的童谣
你可以跑调　也可以肆意挥洒
醒来时　枕边有母亲备好的新衣裳

重回梦里
泪湿的不止是故乡的夜
也有我无法诉说的思念

我不是一个人

纵使我孤单落魄穷困潦倒
可怜到如同行尸
我也会爽朗地昂首阔步
因为我不是一个人
与我同行的除了我的执着还有这花开花落

纵使我忘记了言语
卑微到如同消失我也会珍藏这一路的沉默
因为我不是一个人
与我同行的除了我的思想还有这不灭的苍穹

纵使我不久于尘世
轻贱到不曾来过这天地间
我也会面带微笑充满感恩
因为我不是一个人
与我同行的除了我的生命还有我永远信奉的神灵

请不要停下前进的号角

时间不只是个公正的裁判官
还是个喜新厌旧的老头
太阳已经起身
花草也在注视
我们没有时间爬到山顶再呐喊
更没有闲暇等黄昏时在湖边彷徨
咆哮吧,年轻人
在这堂堂正正的天地间
用你们特有的激情和“叛逆”
冲破一条不一样的航线
纵使它没有眼前的这般平坦
也请不要停下前进的号角
父亲说:所有的伟大都是在最平凡的日子里孕育的
母亲说:年轻不仅仅是智慧和力量的代言
他们告诉我:没有咆哮的年轻如同那行将就木的腐朽

有你，我很快乐

落叶纷飞的季节里我会伤感
柴米油盐也会勾起我的忧虑
但我很快乐
你是佛祖手里的一朵雪莲
飘落在肩膀住进我冰清的心灵
人们常说：五百年修来今世的擦肩而过
当我们手牵手流连八廓
驻足在大昭寺前跪拜
走过的又何止是生生世世
你是大地孕育的温柔
给我重新盛开的可能

在山的拐角处

像一首放行的歌
在盛开的季节里
遇见了油菜花的颜色
喝到了氆氇帐篷里的清茶
也询问老阿妈牧羊人的归期,驻足
山口聆听人们向山神祷告

我们应该在路上的
路上有各种颜色的石头
有当初的生命
有儿时的记忆

还有很多山是我没有穿越的
还有很多云的形状是我没有见到的
还有很多天空是我没有触碰的

行进在天地的夹缝里
我感到庆幸和渺小

在山的拐角处
有众神留下的眼泪

我们之间是忠贞的爱

落了一地的美
硬是被秋末的雨点浸泡
本想借这个冬天与你倾诉一番
却要随了这秋末的雨水
漂泊　漂泊
把这漂泊当做是我对你最温柔的抚摸，好吗
我会剪断所有的棱角磨平一路的划痕
但我依旧是我
我们之间是忠贞的爱

野

思想不需要历史那样注重年表
一些最基本的尊重更不会随时代变迁
不管你是脱缰的野马还是拖绳的野狗
你也终究是圈子外的种了

伞

举过我的天空，踮起了你坚实的脚尖
淋湿的，还有你娇羞的肩膀

状态

我一直信奉最基本的尊重
就像日出
它带给生灵的恩泽
岂是宗教或者智慧能比的
而且在浩瀚的宇宙里
任何一种正当的力量都有与生俱来的“爆发”性
这是一种状态
这又岂止是一种状态

烈酒

男人站在碉堡最高处目送历史狂奔离去
那不可一世的骄傲突然间显得如此卑微
其实他没到走投无路的时候
他只是需要一杯烈酒
相信我:它知道自己需要什么
我敬爱的酒神哪
请赐予他一杯烈酒吧
他很久没有好好地睡一觉了
该是让他躺下来清醒清醒了
您说呢?我敬爱的酒神

请赐予他一杯烈酒
他需要清醒清醒

剪不断的风筝

我是一架风筝
翱翔在遥远的北方
探望收获爱情的这片土地
寒风飕飕
但我不觉得凄凉
我能感受到你心底的温暖
阳光一样呵护我前进的翅膀

善良的女子哟
哪怕乌云模糊了视线
你知道我也能找到回家的路
已经深深扎根在我俩的心底
纵使我飞得再远再高
也始终依偎在你温暖的心灵

我是一架风筝
一架看着你飞的剪不断的风筝

我

我依靠傍晚的车窗默默跟着
路边的残雪也没有看见我
这个冬天很冷
我不想从梦里醒来

我迷失在挤来挤去的公交车上
对面的婴儿也没有看见我
这个夜晚很冷
我不想从梦里醒来

我把毕生的身语意献给高大的佛祖
眼前的酥油灯也没有看见我
这个世界很冷
我不想从梦里醒来

我张开臂膀把自己赤身在山巅
万能的阳光也没有看见我

这片天空很冷
我不想从梦里醒来

我不愿梦见自己从梦里醒来
如果我可以许下愿望
我希望阳光不要绕开我

我和孤独就是世界

父亲来电话说要进山信号不好
提醒我联系不到也不必担心
我又掉进了 ***1104—2*** 房
所有的东西不会言语
窗外的冬天封印了所有的颜色
戴上耳机把音乐调到最大
我和孤独是整个世界

让我们成为青春瀑布里的一滴水

那气壮山河的瀑布并没有老去
他永远是青春和力量的化身
三十年后的今天,历史继续行走
需要的也不止是喝彩

朋友说的好:“为成为青春瀑布里的一滴水而努力”
这是个低调的誓言
是我们引以为傲的使命和方向

请不要伤悲

当你开始全副武装
尝试用那双小手去触碰生活
我不知道该不该祝贺
我也许是在等待这一刻
可我还是不愿看到你清澈的世界里掺杂泪水

亲爱的,慷慨的宇宙任由我们不停地憧憬
可人生是个吝啬的小丑
它从来不体恤那些真正善良的人

即使这样也请不要伤悲
我们要有创造大地和星辰的勇气
用超越想象的意志和不可摧毁的信念
去开创另一片宇宙
哪怕肉体不能到达
我们的精神也要在那里自由地呼吸与驰骋

我的兄弟

记得小时候我是你眼中的英雄
你喜欢一直跟着我
我们一起奔跑,一起挨骂
追风筝到日落
睡去的时候也是笑着的

翅膀被邪恶斩断,有一天
我们来不及准备,来不及思索
开始接受一次又一次跌倒
为“成长”这个词付出昼夜与辛酸
直到现在可以重新飞翔

你不再是当年的那个小跟班
作为大哥的我也从来不是英雄
庆幸的是我们依旧坚强
大起大落的过往孕育了战胜苦难的勇气

也教我们看清了生与死之间行走着的一切

往后的路我们还要继续昂首阔步
就算人生是场梦你我也要笑着醒来

独白

好久没有孕育这么充实的一天了
这充实有种魔力
使我感到兴奋
美好的也比原来变得更美
我不禁感叹:原来每一秒都是一次机遇
只要我们愿意改变

我能清晰地看到
新的力量已经酝酿就绪
是的,我将不再沉沦
不再抗拒
每一件事情都有转机的可能
更何况我从未放弃过善良

我要谨记这并不算太晚的悔悟
原来最大的障碍永远是你自己

内心的恐惧一直比现实夸张
只要战胜自己
你的每一步都是历史

无题 3

坐在对面
微笑着跟每个人说话
你从来都不屑于沉默

有人说是疯子
有人觉得可怜
你欣然接受

在你的世界里
人们与手中的激光笔没有两样
充其量也就是个玩具

你肯定有自己的英雄
在那一瞬间
我听到了你冗长的叹气声

泛滥的救世主

蹦几句严肃的字眼
然后改行当救世主

高贵与使命一夜间成为暴发户
塞满高原的每个窟窿
口号是我们最钟爱的武器

噪杂的子宫不再孕育最纯粹的黑暗
欲望也被修饰的玲珑剔透
搭讪一路的星辰
把历史和季节甩给秃鹫

然而故乡是个脆弱的夜晚
它需要充足的睡眠

生活是一首懒懒的诗

行走在你的慢歌里
沐浴一屋子的阳光
把一天都献给早晨
生活是一首懒懒的诗

父亲

1

总会不经意间想起
熟悉,又陌生

2

我没有记错
在我十岁住院那会儿
你的脸上有一道泪痕

3

院子里有你种的果树
地里的土豆以及坡上盛开的油菜花
都是另一个你

4

你说:等我能单手掰过你右手的时候

这个家就由我说了算,我当时莫名的高兴
看着门柱上用铅笔来回加深的印记
我甚至有些着急

5

对了,过了冬天您就五十七岁了吧
时间真的有些残忍
一切都在悄悄地变化
您有自己骄傲的一生
而我的人生也已经在路上

6

我想把挂在墙上的佛珠取下来
和你一起去看看大海
看潮起潮落
然后找一处清修地
听你讲你小时候的故事

拉萨拉咿萨

1

给窗前的小花洒点希望
跟擦鞋人聊聊生活
日子从一杯甜茶开始

经筒转动阳光
在八廓的那颗大树下
多少生灵获得重生

孜廓路上的摆摊人
依偎在佛的身旁
招呼过往的行人

坐在布宫的石阶上
眺望星星和人生
生命是一轮弯弯的月亮

2

一杯甜茶八角钱
他喝了三杯
他在等朋友

停在路口续根烟
让春风掳走汗水
那铃铛读懂了你的心

双手圈满了首饰
跟在路人后面
她学会了委屈自己

林廓后
你去禄康看鸭子戏水
一层水波在阳光下酣然入睡

3

飘落的风
盛开在玛吉阿米
休闲的有些张扬

把星星挂在上空
披着时尚的氆氇
邂逅满地的因缘

春雨绵绵
帐篷和马背上
一首酒歌在游荡

4

你是中午的一缕阳光
行走在清晨的桑烟和傍晚的酒精间
休闲的有些着迷

你是位双子座的公子
妖娆的外表和清澈的心灵
都是你的挚爱

你是一首历经千年的牧歌
是父亲心中的拉萨
和我儿时的梦想

5

城市从云底起身
围着布宫
围着拉萨
围着这年迈的苍穹
步履匆忙
神态庄严

久远的铁蹄与柔情
古寺的壁画与鲜血
行进的呢喃,以及
不息的篝火
透彻的星空
漫山的青稞
诗意的土壤
犹如一首思念的歌
吹向城市的脸庞
留下花一样的心情

是的,我不止一次跟自己说过
当我的灵魂和肉身完整地站立

我就能真切地触碰到你逃窜的脉搏
它凌乱又深沉,但决不脆弱
矗立在山口
迎合着高速公路上的疾风

岩洞里的睡眠和帐篷里的新生
生命另一端的狂欢,以及
一滴惆怅的雨
都来过
都将远去

第三章 色拉的风

语言

你发出了邀请
却没有写明时间和地点

夕阳

丑陋地终结者
亦是另一个宁静的守候

冬天的拉萨

驮着疲惫的呓语
终究还是回来了

一杯水

就像你我的一次偶遇
不必留恋更无需冷落

小乞丐

别看他可怜兮兮的样子
他的父亲叫释迦牟尼

佛祖很忙

除了黑暗
到处还是黑暗的影子

只因你是西藏

哪怕只剩下荒漠我也决不放弃爱你
我深信盛开的雪莲花就在前方

施舍

会让人产生自己隶属于高贵的幻象
也会成全很多个伪善和背后的心安理得

公交车

即可以见证我的谦让腼腆
也可以目睹我的肤浅自私

茶馆

开始到结束的一次意淫
也不仅仅是开始和结束

路

不是一个人的狂欢或孤独
也不是每个人的起点和终点

生活

在快乐中寻找下一个痛苦
同时向起点进发

大家

庄稼地里的小娃
和结实的麦穗子

舞台

把自己埋在桌底
跟一颗不相干的星星热恋

青稞酒

尘世里的回眸一笑
和最干脆的哲学

独立思考

就像挂历上的红点
不提醒便会忘记

春天

需要解脱的不单是地里的土壤
沿拉萨河跑步的人也越来越多

斗地主

没必要让自己站在旁观者的角度去说些什么
其实每一个生命都有自己的理解

山头

仰望不是因为你的雄伟和坚不可摧
那里有我祖祖辈辈的欢笑和训诫

把灵魂架上断头台

我希望看到的是一颗沉着冷静的内心
但我更喜欢那对充满愤怒的慧眼

卓玛

就算狂风席卷了河边的绿洲
在掉色的沙漠上也有你我的歌声

抉择

我是个多情的孤独人
世间的每一个角落里
都有我难以割舍的彷徨
我应该向远处的宗喀巴献上倾心的一笑
还是要为眼前的这个小孩伤心落泪

告诉我

在你有限的激情里
阳光和音乐孰轻孰重

诗人

不用被“深不可测”弄得不可接近
做个热爱生活的普通人吧

人生

就像阿里的一头野驴
你得藐视整个草原和荒漠

山上的一棵树

难的是你守住了寂寞
屹立在风口没有摇摆

僧人

最显眼的存在
你比清静多了几分诱惑

环卫工

重复昨日的沉默
你用双手擦干了城市的泪

农民工

酣睡在广场的绿荫下
你是天空最美的潇洒

铁匠

散了一地的生计
你雕刻的不仅仅是孩子的梦

流浪狗

走遍白天黑夜
你才是大地的主人

牛犊

童年的玩伴儿哟
你见证的何止是故乡的彩虹

麦穗

记得那是个炎热的秋天
你亲吻了母亲久违的笑容

扎什伦布的放生羊

铃铛清脆
多少人还在路上

扎央宗的石阶

牵着你的小手向前
每一步都是一次释然

直贡的天葬台

那是个普通的日子
我看到了秃鹫和烧焦的骨头

色拉的风

你从久远的山谷一路跑来
只为梳理世间凌乱的发丝

哲蚌的展台

我没能挤进人群
但我确信触摸了你亘古不变的轮回

甘丹的林廓路

当我一个人在山的背面感到无助
却不想你沐浴的何止是大千世界

祖拉康的正门

无数个日夜
徘徊在这里的大抵都一个模样

扎叶巴的雾

那是雨后的清晨
你开始俘获我全部的芳心

楚布的清茶

早晨的第一束阳光
是木碗里的一杯清茶

热振的松树

撑起大地的经幡
只为守候静静飘浮的江水

萨迦的墙壁

一种说不出的威严
震碎了我所有的虚假

桑耶的石碑

矗立在雅鲁藏布的脊椎上
你记载的不单单是朝圣者的故事

昌珠的灶台

在一间暗黄的小屋
你聆听了每个人的心里话

夏鲁的小溪

想起小时候在老家
也有过光着脚丫学阿玛洗衣服的清澈

江孜的塔

飞驰在油菜花盛开的季节
面对历史的疾风你不会退缩

拉加里的颜色

灰色不代表消亡
因为那里圈养了辉煌

生命的真谛

快乐从来都不需要装饰
真正的痛苦也是真正的快乐

执

一盏酥油灯照亮全部的善念
一句经文装下对整个宇宙的牵挂

故乡 *1*

不仅仅是你的血和肉
更是你灵魂唯一的栖息地

故乡 *2*

最会赞美你的一直是行人过客们
而我愿意就这么笨拙地爱下去

日子

时空的乐谱
奏响所有喜怒哀乐

智者

在遇到您之前
我以为这个世界已经拒绝发光

雪仗

如果凝聚的是那日的一笑
我愿意顷刻间遍体鳞伤

那不是梦

东北的冬天会下起温柔的雨
珠峰脚下也会有放歌牧马的人

玛尼堆

你在儿时是上学路上必经的一道转弯
我那稚嫩的双手你当时也一定喜欢

童年

追着手扶拖拉机在地里来回跑
天快黑的时候又把村庄的每条小巷跑了个遍

烟

就像一位沉默的老人
承载了太多情感

小卖铺门口

她就像个突如其来的存在
随着最后一口烟又消失在地平线

孤独是什么

明明看见了窗外的天空
却甘愿接受黑暗的贿赂

回声

在阴暗的角落里
孕育不了大山般的宽广

双脚

离开土地
便形同残废

路人

我们走向不同的终点
但我们的脚步也许重合过

奋斗

对生命最高的礼赞
和永恒的热恋

一个人的时候

不仅可以看清自己
也可以摸清那些“高贵”的底细

还有一种美德

不该忘记的是
还有一种美德叫“质疑”

奔跑

世界是一位风度翩翩的公子哥
而懒散就像嘴角的一粒小米

图书馆

成千上万个“呆瓜”
和一位温文尔雅的长发美女

曾经的

你囚禁的不只是大地的脉搏
也扼杀了一位少女日思夜想的狂欢

周末锅庄

学长的敷衍和学妹的拖沓
以及大家的快乐

秋叶

你的一生从来都不缺遗憾
落地时的叹息也是对你无限的挽留

下一目的地

那是个形同虚设的猎场
隐藏的疲惫开始无处可逃

第四章　流浪的八廓

和这座城市一起，慢慢变老

微风一起
我便瞧见了你
牛羊在跟我打招呼
你却只顾着低头不睬

阳光的执着
让我想起了一颗倔强的草
黑夜里
星星在恋爱

五岁的孩子扬起鞭子正赶一群牦牛过河
那是一首夕阳下的诗
我泪流满面
傍晚

小孩在路的中间留下脚印
傍晚也是灵魂的使者
留给世人的不仅仅是空白

孩子迈出第一步的那刻
妈妈学会了走路
从屋顶的炊烟里
我抓到了仙女的眼泪

漫步丛林
我看到一只小鸟在筑巢
我祈愿
整个宇宙都停止呼吸

如果我可以随心所欲
我最先摒弃的便是邪恶与高尚

亲爱的
你现在到羊湖了吗
记住我说的
如果她里里外外都很美

那就把我们的名字刻在湖面上

有时候
我们忘记的是整个世界
就像有时候
我们惦记的是全部的欲念一般

她是山里的女孩
她不会画指甲弹钢琴
她有双粗糙的手和一颗坚强的心

每当孤独
我便能瞧见最清晰的你
太阳说他要回家了
最爱的你是否已经在回来的路上

飞翔吧！思想
去另一个世界安身立命
即便你脆弱的像阵轻风
明月照亮了邪恶
夜深人静的时候

巫婆淫荡的叫声把宁静摔的粉碎

炊烟在天地间架起了桥梁
城市把不同的心拴在一处
当大地决心要讨回公道
第一个被传唤的会是你和我吗

我喜欢挥洒在田地间的汗水
因为那是最牢固的智慧

如果冬天允许
我会写一段关于水的爱情

雨过天晴
意味着格桑花与百灵鸟开始沐浴在爱河里

有段时间
走到哪儿歇到哪儿
有段时间
竟想起自己是大自然的一员
起风了

这对于我
是个势不可挡的讽刺和唾骂

每块石头里都住着一颗灵魂
在阳光与黑暗的交界处
他们摇摆不定,开始抽搐

如果生命是一次旅行
带走什么才是正确的

欲望会盛开在每一个人的眼睛里
从不例外

一只喜鹊在池水边喝水
水里的喜鹊把它给吓跑了

只因昨天的回眸一笑
我已深深爱恋人生所有的欺骗
和那些几乎消失的夜晚
那双遗弃的目光
教我读会了整个世界的冷漠

有时候灾难会成为饭后的笑料
有时候浪漫会成为拔不掉的刺头

从融入土壤的那刻起花蕊就就拥有了生命的尊严
它有吸收光热的权利
哪怕它不愿结出花瓣
或选择在盛夏时凋谢
都是它自己的权利
这应该是人世间最美好的事物

没骨头的牛肉更贵
人们要寻找没有骨头的活牦牛

画下一颗活着的心
让它去寻找生命的意义

欲望可以让苦涩的沙漠孕育出最可口的香水
也可使贤惠的少妇解下肮脏的裤角

它是正义与邪恶的祖父
是生命的源动力和终裁者

孤独时
你才拥有整个自己
欢喜或伤痛只不过是过客
如果你足够聪明
就不要停下寻找孤独的脚步

阳光下
一只凄楚的乌鸦在悬崖上吊

风是个贪心的瘾君子
连最不起眼的人类他都要玩弄几番

从不感到羞耻和满足

水滴在冰块上津津有味的样子
忘记了昔日的恩爱和默契
雨在窗头落座
犹如悲伤
叶子在颤抖中相互慰藉

无奈山间那朵花一样的美

就这样被一声叹气掳走了

清晨是一首抚慰心灵的歌曲
所有的不快与茫然
又将随着它优美的音符远去
留给世人的
还是那不断的期许和空白

云层卷缩在雪山的胸襟里
几条电线把天空开裂成一道疤痕
在踌躇的光阴里
人们疑惑的不单单是书本上的文字

滑过信徒的指尖
依偎在不息的转动里
与夕阳恋爱
把心情画在车窗远行
让大自然为他调色

把每年都写成一首诗
读给身旁的你

他用身体丈量苍穹
不为超脱世俗
只为留住那份宁静

每一朵雪花都有自己的一阵风
它落下来是因为不会舍弃带给它天空的风

没有人真正懂得脚下的这片土地
我们的爱注入了太多的情绪
况且土地拥有更持久的生命
然而很多人还在路上
这便有了超越生命的意义

弯下的身躯留不住你的怜悯
在沉睡的大衣下
藏着的可还是一颗跳动的心
我是首慢歌
从八廓懒散到孜廓
每串音符下都有一寸透彻的光明
我依旧向前
没有停下

结 语

我不奢求这本集子有很强的生命力,但我对它很有感情。它之所以能够成型,并顺利问世,第一个要感谢的就是我的家人,家的温暖给予了我最大的动力。其次感谢中国作协、西藏文联、西藏人民出版社汉文编辑部、拉萨师范高等专科学校,特别是著名作家次仁罗布老师一直以来的鼓励和帮助。最后,感谢拉萨阿里高中的扎西次仁老师提供插图,感谢西藏人民出版社美编室设计的封面。

再过半个月,就到 *2019* 年了。新的一年,祝您事事顺遂。

洛桑更才

2019 年 *12* 月 *16* 日

图书在版编目(CIP)数据

流浪的八廓 / 洛桑更才著. --拉萨 : 西藏人民出版社,2019.1

ISBN 978-7-223-06149-0

Ⅰ.①流… Ⅱ.①洛… Ⅲ.①散文集-中国-当代 Ⅳ.①I267

中国版本图书馆 CIP 数据核字(2019)第 001519 号

流浪的八廓

编　　著	洛桑更才
插　　图	扎西次仁
责任编辑	吉普·次旦央宗
封面设计	格次
出版发行	西藏人民出版社(拉萨市林廓北路20号)
印　　刷	西藏山水印务技术有限公司
开　　本	850×1168　1/32
印　　张	6
字　　数	90千
版　　次	2019年1月第1版
印　　次	2019年1月第1次印刷
印　　数	01-1,000
书　　号	ISBN 978-7-223-06149-0
定　　价	28.00元